黍不语，女，八十年代生于湖北。湖北省文学院第十二届签约作家。

曾获第三届扬子江年度青年诗人奖、长江丛刊2017年度文学奖诗歌奖、诗同仁2017年度诗人奖、《诗刊》2018年度陈子昂青年诗歌奖等。诗歌入选《十月》杂志社第七届十月诗会。

少年游

黍不语 著

上海文艺出版社

目 录

第 1 辑：少年游

1. 夏日　　　　　　　　　　003
2. 冥想　　　　　　　　　　004
3. 这世间所有的好　　　　　005
4. 我的房子　　　　　　　　006
5. 送别　　　　　　　　　　007
6. 蓝月谷　　　　　　　　　008
7. 我不是故意的　　　　　　009
8. 少年游　　　　　　　　　010
9. 来到城市的树　　　　　　012
10. 瓶子　　　　　　　　　　014
11. 夏夜　　　　　　　　　　015
12. 午休　　　　　　　　　　016
13. 我的母亲坐在那里　　　　017
14. 誓言　　　　　　　　　　018
15. 秋风吹拂的夜晚　　　　　019
16. 像河水一样流　　　　　　020

17.	在河边	022
18.	欢宴	024
19.	清明	026
20.	祖母	027
21.	爱云	029
22.	小狗哈利	031
23.	少年	033
24.	怀想	034
25.	吃鱼	036
26.	我一直以为你是一个孤单的小孩	038
27.	平行	039
28.	麦子	040
29.	力量	042
30.	手术	044
31.	美好的事物	046
32.	奶奶	048
33.	自赎	050
34.	微微	051
35.	倦意	052
36.	在梦里我曾轻轻哭泣	053
37.	遗物	055

38. 时空 056
39. 谬论 057
40. 小小少年 058

第2辑：风在吹

41. 有所思兮在远道 061
42. 花园 062
43. 和你在一起。宝贝。 065
44. 我的 067
45. 夜晚的母亲 069
46. 说死 071
47. 密语 073
48. 只有 074
49. 公园 075
50. 名字 076
51. 你好，北先生 077
52. 如果 081
53. 旧照片 082
54. 狮子记 084

55.	晚餐过后	085
56.	春	086
57.	流水落花	087
58.	有时候	088
59.	木	089
60.	雪花飘落时我们就再见吧	090
61.	那些美丽的羊	091
62.	献歌	092
63.	献歌	093
64.	献歌	094
65.	献歌	095
66.	无可避免的生活	096
67.	病	098
68.	雪说	100
69.	植物	101
70.	送别	102
71.	让我们一起埋头苦干	103
72.	云图	104
73.	风中	105
74.	爱	106
75.	关系	108

76. 只有风在吹 … 109

77. 晚安 … 111

78. 重逢 … 112

79. 树 … 114

80. 白鹤在对岸高高的树上 … 116

第 3 辑：你们的

81. 馒头启示录 … 119

82. 我总想再多坐一会儿 … 121

83. 祭 … 122

84. 成全 … 123

85. 旅途 … 125

86. 行星 … 126

87. 清晨 … 128

88. 广场 … 129

89. 她们 … 131

90. 深秋 … 132

91. 醒 … 133

92. 一只蹲在树上的鸡 … 134

93.	你们的	136
94.	好孩子在雪中孤孤单单	138
95.	你的样子	139
96.	母亲走在雪中	140
97.	突然降临的雪	141
98.	梦中	142
99.	天镜湖	143
100.	在沙溪街头	144
101.	做她	145
102.	雪人	147
103.	距离	149
104.	她不知道	150
105.	参加一位老人的葬礼	152
106.	仪式	154
107.	秋日	155
108.	春日想到母亲	156
109.	我需要这样爱着一个人	158
110.	一条水草的人生哲学	160
111.	我们都是曾经爱过的人	161
112.	走出非洲	163
113.	礼物	165

114. 禾一	166
115. 白发	167
116. 创世纪	168
117. 随处春山是故人	169
118. 默	170
119. 悲伤像我的脸	172
120. 活着或爱情	173

第 4 辑：路在走

121. 时刻	177
122. 如果你也曾有这样的夜晚	179
123. 秋日	180
124. 红月亮	182
125. 我的死	183
126. 释义	185
127. 一次拍摄	186
128. 一次醒来	188
129. 你在说什么	189
130. 祈祷	190

131.	意外	191
132.	不能	192
133.	麦子歌	194
134.	冬日	196
135.	重逢	197
136.	现状	199
137.	证据	202
138.	她说吃掉雪就像吃掉爱	203
139.	我有时厌倦诗就像厌倦爱	204
140.	幸福	206
141.	雨，或水	207
142.	外星人	208
143.	患者	209
144.	一片月光落下来	210
145.	致友人	212
146.	八月十五，晴	215
147.	鸡蛋花	216
148.	走神	218
149.	你	219
150.	致——	221
151.	春天的路在走	222

152. 美丽之物	223
153. 闯入记	225
154. 雪	227
155. 雪	228
156. 现在我静下来了,妈妈	229
157. 爹爹	232
158. 美好的事	236
159. 我始终是那个中途离开的人	237
160. 孤城	238

—第1辑—

少年游

1. 夏日

那一天的田野还满含年轻
芝麻棉花。土豆桑麻。在远去的人身上
尚未显露出饱胀,或成熟。
远去的人,落在
他身上的初夏的阳光,像一匹温柔的布,被
后来我们才明白,并称之为的,命运
轻轻擦拭。
我在多年后的景象里,看见
少年的朋友,一棵仍在
远走的树,
顶着他的落叶
像某种无法弥补的生活。
我知道
有些事情,我们永远不能在彼此身上做了。

2. 冥想

有时候你仅仅

凭沉默

就区分了自己

此刻若有寂静,有神明

有轻轻翻动的树叶

起伏的光线,和

正在醒来的眼睛

你坐在春天,一个无法逾越的下午

一棵树来到你的窗外

他叫含笑

如果再细致一点

他叫深山含笑

3. 这世间所有的好

那麦地多广阔。好像可以
供我们走很久。
那绿色多蓬勃,像世上
所有的好,都来到了这里。

我想跟你说很多话,像小羊
不停地咩咩。
我想长久的和你拥抱,像两棵
长到一起的树。

然而我是如此单薄。人世繁茂
很长的时间里
我踩着你的脚印,认真地
往前走。

像我拥有了,更多的你。

4. 我的房子

由于厌倦，我更加足不出户

每天，我呆在我的房子里，和我的房子一起玩耍

有时我们也静静等待

祈祷意义，和一些善良的雨

有一次雨下得太久，雨水哗啦哗啦，堆在房子周围

那明亮的流泻像时间

我的房子因此堆满了时间

我起身走向它们，看到我身后的身体

制造出大而汹涌的波浪

我的房子随着波浪在倒影中摇晃，不断变形

几乎像要碎裂

我的房子不发一言

我的房子承受着我，承受着时间

有更加隐忍的美，更加隐蔽的坚固

我的房子总是比我沉默得更久。

5. 送别

当你从深山里出来,暂时放下明月,僧袍
和字。
拥住她瘦弱的肩膀。
你能感到愉快的战栗来自
她长久的梦,
和梦一样的叹息。
她爱你的样子那么美
而惊惶。
失去了那仅有的黄昏。
你等着她,从黑暗处走出来。
她等着
时间。
她那么美,那么封闭,充满了忍耐和尊严。

6. 蓝月谷

请爱我。她说。请用世上最美丽的水
爱我。
她来自你的胸膛。你结实的腰腹。你黑白分明的
岩石的记忆。
为了重逢,她离开了你。
像断水在世上流。
又为了保持,一点点的生命,一点小小的梦
她回到你。
她有点小,有点惊惶,伏在你身边
带着宁静的热情。
你的背脊像树木进入夜色,你进入她。
她是白色的泥土,泥土上的水,
你进入她而她还未成为你的女人。

7. 我不是故意的

我不是故意的。
不是故意与你们走散,故意找不到你们
也让你们找不到我。
通往春天的路那么多
每一条都盲目和热烈
每一条都布满新鲜的嘴唇。
我由于失语,走在自己的沉默中
成为了最先迷路的那个人。
我知道我必将
先你们而消失。
世界为我们准备的模样,我将它丢到了
河的另一岸。
我必将消失。带着你们的遗忘。
带着所有对自己的遗忘。

8. 少年游

十三岁时我在田埂上第一次
停下来
那么认真地抬头，看
像受着某种神秘指引
我指给嘻嘻哈哈的同伴们看
干净的，高远却又仿佛伸手可触的天空
天空中正变幻的白云
第一次感觉到，我们身处的茫茫世界
第一次，我们站在泥土上，没有想晚餐，作业，农活，巴兮兮的土狗
甚至屋后角落的墙洞里，我们偷藏的一两颗糖
我们都拼命地伸手
拼命地指，那些四面八方的白云
我们说那片云是我。那片云是我。那片云是我……
突然之间
我们相互紧紧地拥抱，继而流下泪来

我们感到从未有过的热烈的荒凉
在十三岁的田野
看到了我们将要为之度过的一生。

9. 来到城市的树

被我看见时,工人们正一根一根
搬运它们。大的,小的。粗的,细的
含含糊糊挤在一起。

还有年轮,但皮没有了。
还能立起,但枝叶没有了。

我想象它们曾经绿得骄傲,壮观
披挂着世上所有的星辰和露水。

我想象它们曾经拥有多么牢不可破的距离
多么完美的沉默,和多么心爱的鸟儿。

我想象它们如何被拔起,被斩断,被剥皮,被
运送
被统一,被模糊,被扭曲,被消解……

我看到自己已无可挽回地，置身
那想象中。
我在眼前和想象中看到自己
被无止无休地搬运，堆砌。在它们中。

现在它们叫木头。一生的命运
还远未结束。

10. 瓶子

每次当我独自

走在正午的大街上,人群中

在湖边或公园的灌木丛边

从下午,坐到黄昏

我感觉我变成了一只瓶子

无法开口,不能拥抱

有光滑细致的孤独

和充盈一切的骄傲

那时我会想起你

灵巧的手多么温柔

覆盖我,抚摸我身体的每一处像

重新造就

我不知道那样的抚摸也暗含着命运

当我成为一只瓶子,我有时候

空着。有时候接过

你折下的花枝

11. 夏夜

漏风的屋子,被随意
带上的木门,
逃难的人带走妈妈,将刚出生的婴儿
放在我旁边。
风带走老杨树的枝叶,风在窗外
孜孜以求。
那是1986年的夏天。土地贫瘠,汗水肥沃
大人们惯常于夜间劳作,挣扎或奔走。
我看见孩童的我,拼命睁着的眼睛
第一次映现出浩若夜空的黑暗。
而婴儿就在身旁熟睡。
那时我还不懂得孤单和恐惧
那时我还不知道,未被这个世界打扰的
婴儿
有着那样抵御一切的力量。

12. 午休

每天中午我总是准时躺下
因感到一种没来由的，不由自主的，疲惫与厌倦
我眼睛里的世界模糊一片
我的腿，手臂
在穿过无休止的马路和人群中
耗光了力量与耐心
于是我休息。在没有边界的梦中寻求一种主动的
封闭与再生。即便如此，我对生活仍然
一无所知。
当我看着窗前那株梧桐树
春天长出绿叶，秋天时又落下
我明白没有一种生长
比那更有意义。没有一种隐忍
比它更像某种活着。

13. 我的母亲坐在那里

当我从无数黑暗中,寻到她的子宫
我的母亲,坐在那里
像土豆落在敞开的地里。

当我开始一点点膨胀,一点点,与她分离
我的母亲,坐在那里
像被摘除果子的枝蔓。

当我怀揣她的汁液,耗尽她的日夜
我的母亲,坐在那里
像石头,在秋风中的寺庙前打盹。

我的母亲她,坐在那里
像一小块寂静,一小块阳光。
有一会儿我们一起,走在黑暗处
像我们同时
经历了某种消失。

14. 誓言

你看到我为了和你保持一致已经
极度疲惫。
你看到街道上明月消隐黑暗笼罩,人群被空气
改变了面容。
你看到我,和人群一样,正边走边舍弃坚定,天
真,热血,勇气
不再对第二天清晨的醒来
怀抱善良和愿望。
我曾经有过爱。后来,都像花朵一样凋谢了。
你看到我被风吹。翻起。又落下。打着转儿。
你巨大的
翻云
覆雨
手。
你得意的笑。
你看不到的,作为回应,我发誓
我一定不会是你
得到的那个人。

15.秋风吹拂的夜晚

一个人绕过石头,去另一面跳舞。
一滴水追逐另一滴水。
一片光,催促另一片光。
一个小孩踉跄着,跑在大人前边。不远处
稻子在等待收割,霜在坟间凝聚。
没有一丝空气多余,
没有一个时辰,写着无辜。
月亮躲在房子后面。
人群躲在面庞后面。
生活,
无可捉摸的生活躲在道路后面,像永无完结。
多少年后,我走在其中,
秋风吹拂
想起这是我的故乡,
我的父母,
我的爱人和孩子。
德罗戈等在巴斯蒂亚尼城堡。
我等在我脚下的这片热土。

16. 像河水一样流

夏天时坐过的岸边,河水
又往下走了一截
我们坐在消失的水上
感觉到身体
慢慢变轻
不再需要长久的,热烈的
交谈或拥抱

我们听见远处的田野
棉花暗自炸裂
花生在地下,不安地滚动
一种成熟的,宿命般的寂静
从远处席卷而来

我们打开自己,轻易地
接受了这意外的怜悯和成全
落日将镕

我们深知我们坐在水上的身体
也将一点点
成为水流的一部分

17. 在河边

很长一段时间里我在河边
静静走着
夕光有时照着
我的脸有时
轻轻落在
我后面
有时我停下来看
河水把我的脚一点
一点
打湿
有时我抬头看
对岸
山峦隐绰
像某种未经的
生活
更多时候我独自
走着

没有
去到对岸也没有
告诉人水声

18. 欢宴

他们围坐在圆桌上

喝酒,吃菜,高声谈论

有显而易见的兴奋,和亲近

他们的背后

月光在窗玻璃上停下来

像某种毫无意义的悲凉

我想尽量快乐一些

融入屋内蓬勃的空气

天真,固执的朋友

曾经我们一样孤单,虚无,热情或颓唐

穷尽所有,在自己的身体上寻找

一条足以行进一生的道路

很久,月光仍然停在对面的窗玻璃上

有人开始调笑

有人醉酒,说着吆当往事

这广阔的人间白云流转

有一刻我想转头哭泣,和身边人拥抱

当我缓缓转动身体,看见身边

空无一人我知道

天空在撤退

更深的沉默已来临

19. 清明

她看到遥远的墓地上的
天空
潮湿的,飘荡的,布
向四周徐徐漫开
一瞬间,感到某种如释重负的安慰,和感激
她知道有一些雨水
代替了人,和生活。并且毫无保留
那些城市里的人,荒野里的人
那些活着的人,逝去的人
他们从未感到的,巨大的,公平和怜悯
像神明从天而落

她几乎看到每个人头上的草
又往绿里
深了一些

20. 祖母

很多时候我再没有想起她

在村最后面的位置,一小间独屋

趴在白杨树和稻田中间

像久无香火的闲寺

她从唯一的门走出来

扶着干枯的墙壁

砖与砖的缝隙间,是一些干枯的

满是漏洞的,泥土

干枯的玉米和豆角挂在上面

干枯的铁铲、簸箕,在她干枯的手上

落叶般颤抖

在永恒的夕阳后,与暮色一起,构成了我的

祖母。树木的祖母。稻子的祖母。所有

踏于其上的,泥土的祖母

我看着这一切。意识到,我在等候的事情
无非死亡。无非黑夜降临露水生发
某一处脚步徘徊之地,青草漠漠

21. 爱云

那些云朵曾经注视这一切
被废弃的小路
被废弃的旧房子
可能还有一棵树,那棵树

因为还没有倒下所以
我们不能分辨
你看到春天
仍然来到了这里
像我们走来走去,从父亲的家
到母亲的家,又

从母亲的家,到父亲的家
来来回回,一生
我们背着小路
甚至那时让我们恐惧的砖窑,如今
它仅剩的小渣堆上

也有细小的野花,闪烁

一些耀眼的痕迹
——这些都不是我要说的,爱云
在每条路上,每一双手中
我们都有被放弃的人生
我们都有一次次,被反复安置的春天

云朵之下,我想你也会有,我现在的这种
平静的欢愉
那不断消失的部分
也终将安慰你。安慰我

22. 小狗哈利

哈利是在我开始恐惧一个人
呆屋子里的时候
来到我身边的
我期待它在夜里发出它的声音
以此震慑那些
发现我房子漏洞的人
我仍然照常生活
上班,赶路,到公园看花草
去广场看跳舞的人群
我仍然做着以前的自己
反复听一首歌,到流泪
在夜里,想起未曾爱过的人
突然醒来
我一直没有太多的亲近,给哈利
它茸茸的毛太过柔软
令我感到不安
我只是吃饭时分一些给它

隔几天有空时，给它洗澡
我的生活一成不变，我仍然觉得
如果不是有人执意要来
如果不是来的人执意要把哈利
赶到屋子外面的露台上去
如果不是哈利伸起前爪巴巴地紧紧地贴着玻璃
如果不是它第一次发出紧张的，凄厉的，巨大的
叫声
我不知道我房子的漏洞是来自
自己
经常的，封闭的，柔软与心碎

23. 少年

我不曾见你少年。
我不曾怀着心事把你
重重来爱少年。
我不曾在柳树下仰望把清
风捎给你少年。
我不曾把白云和脚印塞进
你的背包少年。
我不曾站在小路的
尽头等你少年。

我不曾在你面前老去。少年。

24. 怀想

一个孩子在河堤上奔跑
两手空空
风吹过河面
风把他越吹越瘦。流水
湍湍,几乎照不见他的影子

多年后
我穿过河边的
杨树林看见这一切
天空在头顶,正蓝得一片虚无

我忘记了自己有多大,忘记了
有没有牵挂的人和物
我只是感到悲伤
夜雾落下来,很快蒙住我的眼睛

我感到那个孩子是我

是我年轻的母亲
少年的朋友。未知的爱人
我感到悲伤。深深的悲伤

我还没有积满
御风的力量
而他们眼看
就要融进落日

25. 吃鱼

当时我正吃一条鱼
傍晚的空气从窗户游进来
旋在屋子里,毕剥作响
我吃掉鱼尾,沿背脊
缓慢上升
这时他出现
拿着被我摔坏的
剃须刀,从卫生间
走向房门
我埋头吃鱼的腹鳍
又将鱼刺一根根
在桌上摆好
他音调不算太高
有些许强压的怪异
我有点心虚。我做了错事
我清楚这一点
他从一个房间

到另一个房间

声音渐渐低下去

我继续吃掉胸鳍

接着吃肚子,吃肚子里的

肥沃的鱼籽

当我准备吃掉最后的鱼头的时候

他从房间走向厨房

经过我身边

声音已经低回至喉咙

此后的很长一段时间

我一直在等

那声已然

成形的叹息

26. 我一直以为你是一个孤单的小孩

苍蝇。蝴蝶。虫子。灰尘。
它们去了哪儿?
年轻的父亲,
要去哪儿——
那样明晃晃的正午。阳光。风。石头。血。
你被抛在屋顶。
被赶进黑乎乎的树林。天蓝,
像漩涡。你松开一半拳头,走上土路。
疯女人
放弃了稻草。
我的孩子。你放弃了你。

27. 平行

那片草地。那片远远地，一意孤行的，
悄无声息经过我车窗的
草地。
像滚烫世界的一个意外。
我的眼睛先亲近了她。
我的心，将我放进她的怀抱，轻轻摩挲。
那一刻野花
回到草地。我回到寂静。
但天地昭昭。
渴望与渴望，自由与自由，坦呈
与坦呈，
互不得见。
飞奔的车迅速带走我。
像突然梦醒。
一种平行的荒凉的温柔让我们
看清：
这世上有永远空寂的草地，
这人间有茫茫无用的深情。

28. 麦子

黄昏时我们走在一起。
夕光垂下的寂静,连接起我们,
像一种怜惜。
我向你说起身边的麦子。年轻的,新鲜的,
麦子。
长在二十年前的土地,有二十年前的我
一样的坚定,果敢。
我给你看麦子头上的云。向你俯身的云。
温柔。
坦荡。
也身不由己也
藏有一生,奔波的苦楚。
我羡慕那个小孩。因为爱你
就到了你身边。
她一定看见过连片的麦子。
她坐着的火车,一定穿麦田而过。

那个时候我们正走
在一起。
我怀揣着你走在一起。
和麦子们,走在一起。

麦子那么多,你只有一个你。

29. 力量

孩子们在阳光下的河里
河水有时吞没他们,有时
将他们浮起
这古老的法则因他们的
年轻而显出新意
杨树在风里摇动枝叶
蝉鸣一阵一阵
提醒这世间,还有寂静
她站在树下
和那些阴影在一起
大块大块的云朵
在她眼睛里聚集
在她的头顶,缓缓移动
她看到了那种移动
漫无目的,又坚定的无法阻止
像从未发生,又像发生了
很久

一种简朴而深远的力量
——她在那力量里
——她们在同样的力量里
她盯着她们,用天空一样的眼睛
她含着的云朵缓缓地,悄悄地,移动。

30. 手术

我看着她走进那个房间

躺在床上,等着药水和刀。

犹如我看着她自出生

躺在这个世界上。

她年轻的身体那么漂亮

让人想象不到腐烂

也在内部发生。

我们一只手连着

对眼前的一切,充满无知的顺从。

当刀子划开她年轻的身体

割下那些腐肉,

她绝望的叫声像

被整个世界狠狠抛弃。

而另一头的我,头晕目眩

冷汗淋漓,

仿佛古老山体在洪水中摇动。才发现

在最原始的血肉面前我们
竟有如此鲜活的恐惧,如此本能的抵抗。
那恐惧如此珍贵
等同于记忆。
而抵抗带来生活。

31. 美好的事物

正走在楼下的时候，无意间
瞥见一团巨大的白云
像整个地挣脱了天空，正俯身寻找
并拥抱，某个遗落在地的情人。
它那么干净，清白。那么专注那么大
而无当。
夺去了我所有的记忆和想象。
然而我没能停下。
长久的惯性使我仍然继续
往前走。
这个时候我寄望于，即将踏上的楼顶。
我想象那里会有更加迷人的邂逅。
我会离它更近，看见甚至拥有它的
全部。
当我走进房子，惯性和责任又使我无知无觉
拿起了锅铲，拖把，和脏衣服。
忘记了去楼顶。

等我偶然站到窗前,想起它,
美好的
事物已经不知所终。
风不知疲倦地吹。
不一会儿,就下起了雨。

32. 奶奶

阳光茂盛
那个小老太，在秋天的风中
看起来更小，更轻了
往前一点
她还声嘶力竭地号哭着
陪伴她五十年被斥骂五十年
终于自行西去的老伴
往前一点
她还气急败坏地
颐使着从三岁懒到五十岁的儿女
又在媳妇面前盛气凌人
只把看不出真假的笑
给唯一的女婿
再往前一点
她抹一手眼泪扒一手泥巴
给结发丈夫扒拉人形坑的时候
白杨树的叶子在头顶沙沙作响

盖住了襁褓里的婴儿的哭声
她是什么时候开始信佛的
已无从知晓
她的佛法只有两件：求菩萨保佑
和，吃素
我总会在秋天的时候回家
把她和被子一起搬出来晒晒
白杨树仍会摇动叶子
她也渐渐地，笑得越来越天真
在微温的阳光下
颤颤着跑来跑去
在微温的泥土上
婴儿般，被秋天的风吹着

33. 自赎

多年以后
当她又一次从人群中分离
走在灯火昏昧的街头
当她又一次想起自己
一边低头走着一边忍不住
嘴角微微上扬
那是最好的时刻
那是最好的自己
当她试图在夜风中
轻抚
那些涟漪
她及时地把目光投向了街边热烈的广场舞人群
避开了一次危险的抒情

34. 微微

我愿意在那样的冬天,那样的风
微微起伏
那样的阳光微微动荡
那样的小路,踟蹰而微微向前。
我们,我和你,微微地熟悉
微微地陌生
带着不可更改的旧迹与缺痕
在水流般冗长,却无可一握的生命里
微微亲近。
我愿意在那样一种微微里
去爱一个,低头走在身边的人。
我愿意他带走我。然后离开
像天空最后降下沉默
像时间,最终写满虚无。
而最后一盆炭火微微燃着
我们先后
从灰烬旁绕过。

35. 倦意

这个下午,我盯着窗前的
一棵小树
它在风中摆动身体,片刻不歇
它的叶子有时变成光线
有时变成遗物,落下来
躺在脚边
你看不出它的变化
甚至它根本,没有变化
它站在那里。它摆动。它落叶
像空气一样理所当然

它有落不完的叶子。

36. 在梦里我曾轻轻哭泣

多么幸福。昨夜的梦里
有人拿大好年华

与我相爱。有人以身冒险
赐我中年的伤痕
与羞辱

有人在月下轻拍海浪
有人往森林寻觅虎影

所有的面孔陌生而清晰
我回到乡下，在父母面前
痛陈哭泣

那个一生跟着月亮
走丢了的孩子

多么幸福。在梦里——

我是悲伤的我。羞耻的我
爱恨的我

我是老年的我。少年的我
现在的我

我为这么多的我,在黎明
到来时,止不住

轻轻哭泣

37. 遗物

她躬着身子

独自，在清晨的草地上

仔细地挖

在她背上，天空阴沉

像一块巨大的，灰色的麻布

她手上是半根捡来的木棍

带着某棵树的创痕

正一下一下，戳着

一株木茼蒿

那唯一的，一朵黄色小花儿

在风中仰着脸

像夜晚的遗物

像她

被无法拒绝的，终将被带走的

命运

牢牢充满。

38. 时空

雨是在他往公园里走时
下下来的
不大不小，落在他身上像他
落在公园的那些卵石上
这些年，他越来越知道保持
一个人在世上的轻重
身边的人群很快就消失了
红的黄的灯火
在他身后次第亮起
他顶着雨水，朝向越来越远的路途
感到孤独
从未让人如此欣喜
他想起一个人，一定有一个人
走在另一场不大不小的雨中
而他们从未相识
——他们从不相识

39. 谬论

我喜欢眸子

每次

离开我的时候总是

一次次往前走

一次次

回头看我

40. 小小少年

晔子说
我坐着，板凳认识我
躺下来
床和枕头，认识我
睁开眼睛
墙壁，窗户，认识我
阳台认识我。花草认识我
马路认识我
树叶石头蚂蚁
麋鹿白雪天空，和风
认识我
白天太阳认识我晚上月亮
认识我
还有河水像镜子，会一直
认识我

所以我好忙。

—第 2 辑—

风在吹

41. 有所思兮在远道

蚂蚁捡那些树叶子
堆一堆
完了就是它们的家
我也想和你
去捡雪花

42. 花园

1.

这是一座刚修建的花园

趁着春天,栽下桃树,木槿

种一些玫瑰,秋菊,植几树梅花

稍中心一点的低洼地,就势挖一眼塘

埋下洁白的藕茎

岸边,再环一溜儿柳树婀娜

海棠掩映的木屋前

两把竹藤编成的摇椅,并排躺着

阳光细小,微风常拂

木桌上有茶香

2.

我们并不常住这里

只待一片云落地为安

牛羊散乱,低头吃草

偶尔一两声狗吠
惊飞三两片树叶
篱笆低矮由远而近
泥土的湿香幽幽踏来
一个声音开始
细数脚步

3.
黄昏与暗夜的间隙
容易滋生一种永恒的幻觉
有时在花园里
有时，花园在梦里

那些花儿一样的诗歌
风一般散落
被拥进荷塘，泥土
开在枝头，歇在牛背
透过叶隙，梦一样的白云
在头顶影影绰绰
仿佛一段
没有脚的时光

4.
我们并排躺着
竹制的藤椅沁入一丝清凉
我们聊了聊月亮,和月亮旁的一颗浮星
而后沉默,等待太阳升起
那片云重回头顶,重新
影影绰绰,直至再一次
落地为安

43. 和你在一起。宝贝。

昨夜在梦里,我又见到你。——宝贝
你不要怕。
接下来李志会马上,扬起他低垂的头,
目空一切。
他们说,我不爱你。——宝贝
你不要,感到安慰。
人群中,少年正低头,亲吻怀中的女孩。
年轻的,垂着双手的人,脑袋一次次
扣响头顶的空气。
他们想着远方的人,和身边的人。
他们想起栀子树,和摩天大楼。
他们一个人泪流满面。两个人泪流满面。
他们一手拿苹果,一手拿着刀子。
他们唱宝贝,我愿意
为你死去。

我走过长长的倒映水杉的小河。

我穿过铁轨，两旁的麦田，和油菜花地。

我在话筒前，口吐莲花。宝贝

我在舞台中央，仪态万方。宝贝

我眼泪一样美丽的，我

正一点点剥去。宝贝

他们看见了你，看见了我。

他们看见了全部。歌唱。坠落。事实与真实。

他们看见先是天空之蓝，草木之绿。

后是人体之黄，骨木之灰。

他们看见你栖于生之墓地。

他们看见了自己的左手，和右手。

空空。

和你在一起。宝贝。

44. 我的

这阳光,我可以和你
一起晒
这雨可以淋了你,再来淋我
如果你喜欢
我的房子,房子里的桌子,椅子
书,茶具
你都可以,任意使用
我的长长的走廊
你可以在那来回踱步
我的木质的阳台,阳台上
空着的藤椅
你都可以坐下来,或
躺下来
甚至你还可以闻一闻我的茉莉花,海棠
可以透过我的,大片的
朝北的窗子
和我望过的云,一起

度过一个理想主义的黄昏

只有夜晚黑暗中的霜露,是我的。

45. 夜晚的母亲

她不认识一个字,
只有年轻时一个人养活一家子的蛮力。
她比父亲还要高大,
每个人从来没觉得,她需要怜惜。
她做的饭菜总是不那么可口,
她洗衣服依然不分门别类。
她肚子上的赘肉越来越多,
眼里的空洞越来越多,
坐在电视机前的时间,越来越多。
作为她的女儿,我们一直没有学会使用语言,
我们唯一的语言是沉默。
我们在沉默中忘记彼此,平静地各自步入更深的沉默。
直到那一天,我看见一张纸条上,歪歪扭扭
写着她的名字。
她在偷偷地学写自己的名字。
又一天,半夜,我从一场惊醒中走出

经过她的房间。
看见她背对着我,双手抱膝,
无声无息坐在床上。
月光静静地照进来,她一半的身躯
依偎着,一半埋在阴影里。
突然间悲伤汹涌。
我夜晚的母亲,她那么
不像个母亲。

46. 说死

十年前,她丈夫去世时
她每日每夜号哭
有人时她号给别人听
没人时她哭自己听。一声一声
细数磨难和委屈
后来有同龄人去世
她也仔细哭一阵,怜悯一阵
最近两年,村里仅剩的
几个同龄姐妹,相继往西
她开始不再哭,连一点
该有的人情
都看不出。只用平常的语调,告诉我们
在儿死了
娇儿死了
就埋在那里。喏。就那里
她用的是她们的乳名
她告诉我们她们死了就像告诉我们她们回家吃

饭了
一样
她是我乡下的奶奶。有点
长寿的奶奶
她跟我说起时已经不像这个世上的人

47. 密语

有时候我会,陷入莫名的悲伤
阳光照在我身上
带着众多陌生的影子
花朵满怀喜悦,仍开在去年的枝头
云和雪
在永恒的空中飘荡
我感到一种伟大的厌倦和绝望
无论我怀着怎样的
力量和慈悲,在被用旧的人世
我都无法献给你
一份新鲜而安详的爱情

48. 只有

一生只有四月
我站在那四月。
四月只有那一天。那一次黄昏。那一个时刻
我站在那时刻。
时刻只有出离。忍耐。奔涌。顺从。安详
只有孤独抱着孤独。爱抱着爱
我站在那爱。
爱只有心跳
我站在那心跳。
我无法言语的一生都挤进了那心跳。
那心跳找到你。给了你。

49. 公园

她在那里
不知道是刚刚在
还是已在了
很久
在广阔的时空里她占据的
仅仅是
一小截露着疤痕的枝头
她每天用阳光
把自己擦旧一点
用风,把身体吹薄一点
偶尔被人群路过
仍然忍不住为自己漏出的
香气而神伤

50. 名字

我曾经，在早晨的风中
写过你的名字
用泥，用水，用枯枝，用落叶
用积雪，也用花朵。
我还曾用过眼泪
用过天上的
白云。
它们在见到你之后
就消失了。
你的名字变成了泥，水，枯枝，落叶，
变成了积雪，花朵，眼泪和云。
当我们一起
离开
那里不再有任何东西。
只剩下一块心形的，完整的
残缺。

51. 你好,北先生

1.

嗨,北先生
此刻我坐在窗前,给你写信
有些风,从窗子挤进来我的手
有点凉呢北先生
我想起你
在月亮下在火葬场在跑道
在一个美丽的
姑娘心上
你是个忙碌的好人呢北先生
我也是。

2.

夏天来了。从天上跑下来好多的
雨,北先生
栀子花,木棉树。马路教堂学校

所有的一切都在雨中
所有的一切都在相逢
多么亲切啊北先生
我走到哪哪儿有雨水
多么遥远啊北先生
一个人在大雨中走路像
一个人满怀深情奔向远方

你是吗?

3.
你在吃饭
你在跑步
你在看书

你在打牌
你在聚会
你盯着姑娘
饱满的胸脯

幸福
像花儿一样啊北先生
你在欢度人生的虚无

我也多想。

4.
我能一直和你说话吗
北先生
你能一直
和我说话吗此刻
你在地上而我
在地下穿梭要去
见一个应该爱
的人
我有点难过来自
地下的风总是
更凉一些

北先生。

5.
你的家乡下雨了
你的家乡正在
慢慢变冷
你跑到北方是要
去寻一场雪吗北先生
而我
躲在南方的公园里
看见清晨的
每一棵草叶举着自己昨夜的泪水。

52. 如果

如果还能说爱我一定会说爱你

如果黄昏再一次牵来

所有的小星星

在唇齿间散步,清点你的白发。而你习惯在深夜

独坐

把那夜半响起的钟声,当成永不可舍弃的

信仰如果

还能说爱我一定会说

爱你如果

你继续沉默着离开

你在另一个遥远的地方生活

你是一个名字。一张照片一个肖像。一个

影子刻在月亮一边而

永不疲倦的

燃烧

在地球。

如果还能说爱我一定会说爱你

如果我是燃烧。是如果。

53. 旧照片

我看见我们站在
一张旧照片上,舞台的中央
唱美丽的歌
那张开的嘴唇饱满莹润
像从不曾吃下
这世间之物
那天真的眼神肃穆
仿佛真有个,美丽的前方
那是我们十八岁
有站得笔直的身体
和整齐划一的队形
我几乎要为这单纯的强大
而感动
我亲爱的人
走过了怎样的一生
失去了怎样反对的力量
成为命运中不可逃脱的人

成为不敢相认的自己
我亲爱的人
站在那里
站在一张旧照片里
唱美丽的歌

她不同于所有其他人的黄色毛衣
正一点点褪去

54. 狮子记

一头狮子来到我身旁

我不能描述它金黄的毛色

它王者的威严

它来来回回,冷而有力的踱步

我只是梦幻般伸出手

轻轻抚摸它,稍昂的头

感受到它怀中的森林。多么嶙峋激越

多么浩荡宁静

那危险与柔情并重的时刻

我们都如此——害怕醒来。

55. 晚餐过后

母亲开始收拾碗筷
父亲会在阳台那儿呆一会儿
或者走动
孩子会留下一些欢笑
之后,每个人被迅速地
卷进夜晚
母亲走进母亲的房间
父亲走进父亲的房间
孩子走进孩子的房间
我走进我的房间,我写诗,我获取安慰
并开始感受对他们的垂怜与痛苦。

56. 春

听人说春天来了
风拂过他们,把花朵留在他们脸上
我在房间里生病
不知道千千万万的
雨水
落入墙角的泥土
找到了一生的归宿

57. 流水落花

那些桃花就要落了

梨花樱花紫荆海棠矮牵牛

就要落了

那些云已变成水

四散五落

当我低头

那些碎裂过的

水,也从脸上落下去了

时光不肯原谅我们

我再等不到你沉默的,挣扎的

向我微启的唇

58. 有时候

有时候电影散场时
下起雨来
有时候火车经过
拖着长长的,空空的车厢
有时候你张嘴没有话说
有时候你唱歌没有听众
有时候你穿着风衣在阳光下
像锦衣夜行
有时候你突然
在迎面而过的脸上
看见雪

59. 木

你看到我在河对岸是
一小截木头
我看到你
在早春的风中,鲜艳地绿
一切多么美妙啊阳光
照耀你你是明亮与花果
照到我是灰烬
河水湍湍是你在世上走
当你终于明白没有自己没有另外一棵能够靠近
终于你感到生活
只剩下了平静,与等待
你看见由于
荡漾由于
无可挽回的心动
你看见河水粉碎了阳光

60. 雪花飘落时我们就再见吧

一年中的最后一天

阳光悬挂,空气明亮

仿佛逝去的从不曾有过雨雪,和阴翳

你在遍布人群的街道上走

在塞满麻雀的电线下走

人世寂静,如从远处看一个人

微笑的脸

沉默的人会继续沉默

爱着的人继续悲伤

雪落他程

你在看不见的路上无情地走

不断地说你好。不断说再见。

61. 那些美丽的羊

在芦苇深处

一小块儿空地上

吃草

日落之前,我没有经过它们

日落后,我不会

看见它们

相对于一个偶然

来到这里的人

它们比我更喜欢

那些飘摇的芦苇,零星的青草

和越来越

远的天空

它们不知道我在那儿呆的

一小时零八分钟

它们不知道这是秋天

62. 献歌

没有话说的时候

冬天

就来了

你的窗外一定落满了雪

你的目光比雪

更轻,更白

一切都是最好的样子

没有什么要做的事

没有

要怀念的人

没有孤独

没有忏悔

没有一颗石头靠近另一颗石头

我也只是在另一个地方

吃下很多很多的蘑菇

63. 献歌

一个女人很老了
带着丈夫的
灵柩
回到土房子里
她把他安放在
房子一侧
然后没事一样
发呆
打盹
偶尔喝水
他成了房子里不多的物件
之一
与她和房子一起
蒙受每日从天
而落的灰尘

64. 献歌

站在芦苇身边我有了
轻飘的模样
走在人群中我有了
麦子一样的褐色
和垂首
在出殡的队伍里我有了
恰到好处的,白色的悲伤
在远云
和你
那里我有了
不被看见的一生

65. 献歌

该落的叶
三三两两地落着
该走的路
众多的脚印在前领着
该告别的人
大风再吹不动他的衣裳

一个人在秋天死去
并没有用去太多的泥土

66. 无可避免的生活

你看菊花在秋后
伸出那么多手
你看道路在拐弯之后
伸出那么多手
你看河水在撞击之后
伸出那么多手

你看水杉高耸伸出那么多手
你看云朵飘荡伸出那么多手

你看树叶坠落伸出那么多手
你看蚂蚁搬家伸出那么多手

你看风吹雪花伸出那么多手
你看阳光经过墓园伸出那么多手

你看村庄那么静。天蓝成那样

而你在我面前

我只有一双手。

67. 病

很长的时间里我过着一种
隐秘的幸福生活
走僻静的路
说最少的话
倔强地爱一片,永在天边的云
有一天他们说我病了
他们为我喂药
捉住我的手,为我的身体输入不属于我的液体
他们先扎靠近小指的地方,接着无名指,接着中指,食指
我的血管总是自动痉挛,跳出
无法与针管对接
无法承接那高高俯视着的
不属于我的液体
后来。后来。后来终于
液体先是一滴,一滴,进入我身体
然后是我的血

顺着进入我身体的导管
快速地喷涌而出

是的。我的血。最终
他们见到的
是我的,殷红的,血。

68. 雪说

我听见漫天雪花
中有什么
在
轻声哭泣

我多么害怕
它来自
我的亲人。

69. 植物

清晨给花浇水

时发现

一株丁香花

全枯了

但她的叶子

完好无损

她的枝干

仍俊秀挺拔

在一堆浓绿的,不停伸展的

植物中间

像一个放弃所有

的人

却珍藏着

全部的灰烬

70. 送别

天在下雨

地在流水

你屋旁的那棵树

又有三两颗李子

被吹落

转眼无踪

你四面八方的子女在哭泣

你男女老少的乡邻抬着你

往天那边赶

风吹麦浪此起彼伏

鞭炮震耳欲聋

你得到了

这一生

最大的热闹与荣耀

你不会知道。

71. 让我们一起埋头苦干

伸出你的手,紧紧

握住我的

迈开你的双腿

夺取

你身下的版图

用你的唇

吻遍这人世

用你的霸道,温柔

长出星星和翅膀

一江春水

没有归途

让我们一起埋头苦干

埋头

苦干

没有归途。

72. 云图

如果窗外是一片海
如果我们起身,站在一片落地窗前
如果我们
在一片蓝色的落地窗前
轻轻拥抱。
白云入海,不舍昼夜
我们也就此
度过幸存的余生。

73. 风中

从久居的房子里走出时,四面八方的
风,向我涌来
让人分辨不出是赞赏,还是阻止
然而我知道我要去的
地方
在一小片湖水的
涌动中
我伸出的万千条手臂,柳枝一样轻拂
每一条我走过的路
我向她们表示爱意,同时道别
我知道第二天将
不会有同样的风
吹拂同样的我

74. 爱

她梦见自己深爱着他。在夜里
他们手挽手赶路
偶尔在一两片树叶上，歇脚
巨大
而迷人的沉默
让他们满心欢喜
又陷入
对彼此的无限怜悯
她开口对他说
他开口对她说
可是他们所处的
巨大而空茫的世界
让他们的话语，像雪一样
他们发现听不到对方的声音
也听不到自己的声音
他们渐渐发现一堵
玻璃墙慢慢隔开了他们

她忍不住哭泣
她说,我爱你
他说,我爱你
但没有
一只耳朵听见——
在夜晚,相爱
已无法给人以安慰

75. 关系

我从来不和人过分亲近
尤其是突然到来的
短暂的,意外的
亲近

76. 只有风在吹

云变成雨后又变成雪了
你没有说话。

麻雀飞上去,又落下来了
你没有说话。

炉火从膛里跳到脸上了
你没有说话。

后来梅花来到窗前
将自己一饮而尽。

你把升起的大海关起来把波浪
在眼睛里摔碎。

你是冷的。

你是冷的因此你知道
她的美

始终不能离你更近。

77. 晚安

有一会儿我走在湖边

隔着湖水我看见

水里的石头

隔着人群我看见

万家灯火。

一切都是应有的样子。

湖面甚至没有

风

软软地吹来。

浩大的寂静中她像

一个一无所知的少女

那么不动声色,那么不偏不倚。

深藏着这世间

全部的爱。

78. 重逢
——给李晖

在一个安静的时间你
来到我所在的小城
阳光一路从苏州
铺满你经过的铁轨，麦田
旷野和永没有距离的河流

当你顶着光晕
站在我面前，轻言慢语
羸弱的空气
清冷。平衡了我们之间
来自身高和故地的缺口
而昨日已不必提起

不必提起的昨日，总有
无辜的人
被丢在了远方

暮色缓缓流进我们的身体
像一小杯卡布其诺
借由发泡的牛奶,把隐藏的
滋味,传遍全身

我们互换了
保护脖颈的东西
冬日漫长。我们都有薄
且脆的锁骨
都有透明
且固执的孤独

我们不停地,将自己
赶往风里

消逝,让我们成为亲人

79. 树

他满意着灰色和空
灰色的天空,几笔灰色的云
在纸上轻轻飘着

他满意河水,满意永不溃败的两岸
前赴后继的赤子
跳进去,成为相似的男人,和女人

他满意一大片草野
有头顶一样的灰败,有日子一样的无穷
再没有牛羊在他面前,低下头来

他最后满意的,是一棵叫不出名字的树
他用了最少的笔画,粗陋,潦草,在纸上
摇摇欲坠

他这样看着,感觉到风,从空白处

细细吹来
忍不住慢慢倒下

像用完的铅笔
倒在自己的树里

80. 白鹤在对岸高高的树上

这是我不曾见过的景象
河水躺下,不再流动
水葫芦铺满水面,密不透风
我们踩在落叶上像踩在
天空枯黄的云中
阳光无时不在穿透我们
在身上,留下梦境般的阴影:
我们不知道为什么会在这里
河水躺下,不再流动
水葫芦爬满水面。落
叶悄悄爬上我们

为使无力更加有力,孤
独更加完整。白鹤远远地
在对岸站立

白鹤在对岸高高的树上

—第 3 辑—

你们的

81. 馒头启示录

菩萨。

现在我躺在床上,连蝉声
都听不到了。
我听到一只蚊子的嘤嗡声。
十分钟前,我心无旁骛
顺手,却异常准确地,拍死了它。

我做得多么自然,菩萨。我为我的自然忏悔。

半个小时前,我看了一场演出
歌舞,朗诵,唱经。在你端坐的面前
在你无处不在的,星空之下
我担心吵到你,又忍不住
用眼睛,耳朵,去看,去听。

我有点恍惚,有点疑惑,菩萨。我为我的惶惑忏悔。

第一天进山时,第一次被女居士称呼:
女菩萨
我为心里生出的窃喜忏悔。

我忏悔,那些被我吃下和还将吃下的食物。
忏悔每一条走过和错过的路途。
爱和爱过的人儿。
忏悔幽怨。狷狂。忙碌。低头。哭泣。
我忏悔此刻。

菩萨。

当明日,我起身时,便是我离去时。
我离去时便是我开始时。
云浮雨落。山上山下。
我将不会忏悔,我怎样带着过堂时未吃完的
一只馒头,
下山去。

82. 我总想再多坐一会儿

每一天我都在
等待夜晚来临
道路，房子，公园，人群

我喜欢它们一点点模糊，一点点
飘散
只有路灯像你，慢慢明晰

我喜欢路灯下的这一段路途
通向你时
连孤独也被照得干净，透亮

我们在黑暗的边沿侧身而坐
风吹着我们像吹着两块石头
月光照着我们像照着两片
白杨树叶

——那生命的肌理正因坚忍而明晰
和美。

83. 祭

出于习惯她出门

往北边的斜坡上走

穿过一座装饰性的牌坊

一些路灯,垂柳,一座歌舞剧院或某个站台

来到九层塔前

她每日在塔下深坐

等一个人,走过来,爱她

她坐着的时候,前面是河

像世上每一条河

河边是树,像世间每一种树

只有一座隐约可见的

断桥

像绝无仅有

她身后的塔灯火璀璨

塔里

也端坐着菩萨

当她开口,一场哭泣

改变了她的声音

84. 成全

她决心一个人走
一个人走进暮色
走进暮色中的草地
暮色中的草地上细小
却仍然,微微飘摇的花
她坐在她们身边
深陷于
某种狂热的孤独和安宁
一种亲人般的抚慰
当夜晚来临
越来越深的黑暗
渐渐填满她们之间
的空隙
她看见一朵白色的小花
在身旁孤悬
在所有不同于自己的颜色中
周遭的黑暗仿佛悬崖

——而她
成为了悬崖本身

85. 旅途

有时候你走在人群中
突然情绪汹涌排山倒海
甚至几欲落泪
你越走越慢头越来越低
越走越往路的边沿
好像你不该走在这里
好像对每个人充满了愧歉
忽然间一个人认出了你
欢快地叫你
热情地寒暄
你好似也被感染
说是啊是啊
好的好的
再见再见

然后继续往前走。

86. 行星

他披着麻袋站在任何地方
站在所有衣装革履的人中间
他目不斜视,厉声争论
声音飘荡在
每一张紧闭的嘴巴周围
他长发飘摇,赤着脚
旁若无人穿过浩荡的街市
审慎的人群
他饿,他随手捡拾
他也厌倦,坐商店的台阶
晒太阳
他甚至还寂寞,抽起了烟
当他闭上眼
随便躺在哪一条路边
他也许,亦还有安宁
我的朋友。你是否见过
他

在你匆忙上班的路上
在你等候的十字路口
在你徘徊的夜色中你是否
见过他
孤独如斯自由如斯长久
如斯
在你亘古的生活
和幻梦当中

87. 清晨

大雨让清晨变得黑亮
湿漉漉的街道,没有一个
走着的人
没有一个正赶往家里,学校,公司或车站

我站在空荡的十字路口
像绿灯一样,等候秩序的到来

像盲目又热烈的雨点
对清晨轻微的寒冷、孤寂、空茫
满怀亲近与感激

一场雨总要淋湿一个喜欢的人
一条路总要送走一个做梦的人

当白昼似喧嚣渐渐扩散
人群壮大,世界显现
我安慰,我已获得足够的孤独和雨水。

88. 广场

那一天太阳高悬,空气迷静
天上白云匆匆
灰的白的鸽子从四面八方
聚拢来,又倏一下
向四面八方消失
四面八方的风
吹着四面八方的脸孔

一个人站在偌大的广场上
缓缓转动年轻的身体
经年的阳光像密箭
射在脸上,肩上,大腿上
来到脚底,在地上留下
难以琢磨的阴影

一个人站在偌大的广场
用阳光,用白云,用枝叶,用风

用嘴,用鼻子,用眼睛,用胳膊和腿脚

用所有缓慢持久的流逝。

89. 她们

那是一座旷野中的房子
风住在里面,风等着她们
寂静又动荡

她看见一个女人,长发如雨
用她三十岁的模样
准时出现在办公桌,马路,菜场,和床上
带着恰当的笑容和疲惫

她的身后是另一张闪亮而潮湿的脸
在夜晚的河面久久幻化,飘荡
那些执拗的她。虚妄的她。哭泣的她
那些被推搡的她。被放弃的她
独自走着的她

她怜悯她们,收留她们
在她最后仅堪一顾的命运里
安顿下来

90. 深秋

他执意要淌过那些泥泞
到对岸去
阳光照着他小小的身躯
在水洼里摇晃。摇晃，一次一次
一个一个
之后我们开始在两岸并排
走各自脚下的路
有一会儿杉林密集，挡住了
照亮我们的阳光
我听见他大声的喊叫
妈妈。妈妈。妈
一声一声
突然之间泪如泉涌——
天地空旷，世事如孤
她刚从很远
很远的地方
回来

91. 醒

闹钟响过第一遍
她继续浅睡。
很短的时间里,像快进一样
脑海里闪烁出大量而清晰的画面
少年时候的同学,朋友,甚至闺蜜
他们正为某件事而欢欣。
没有谁来告诉她
没有人邀请她。
她站在人群外
光把她的影子送出去更远。
不知道过了多久
进行曲广播的声音传来。
她停住呼吸。
两秒钟后,她睁开眼睛
望了望泛白的窗帘
意识到应该起身去打开它了。

92. 一只蹲在树上的鸡

一只鸡蹲在树上
一群人围了过去

林小七说它像哲学家,正在思考生活
王飘飘说它像个舞者,准备振翅一飞
丁硕马腾说它一定是累了,亢奋了,失意了,受表彰了
杨木木沈端说它倔强,傲慢,呆傻,泰然

还有人说这是一只有思想的鸡
有人说这是一只特立独行的鸡
有人说它来路久远
正细听头上千百年前的鸟鸣

我是唯一一个没有说话的人
当他们讨论完蹲在树上的鸡(事实上那只鸡不一会儿就飞走了)

转过来问我：你觉得呢？

我觉得？
我觉得它就是一只鸡，就是它自己
它什么也没想，只是恰好
蹲在了树上

——然而我什么也没说
我蹲在了自己的树上

93. 你们的

我的春天是你们的
汹涌与重复是你们的。

我的草场是你们的
袒裎与践踏是你们的。

我的村庄是你们的
怀念与遗弃是你们的。

我的生活是你们的
粉饰与绝望是你们的。

我的容貌长在你的脸上
我的远方住在你的眼里

我的名字也是你的名字。
我的爱人也是你的爱人。

现在。这些孩子也。正如愿。一个一个。成为你。你们的。

94. 好孩子在雪中孤孤单单

他邀请我和他一起
享用那些雪，创造那些雪，
在北风中把它们变成
有生命的样子。
他在雪中来回奔跑，跳跃，认真地轻轻拍打。
像勇敢的国王，满身赤热毫无畏惧。
我躲在命定的房子里，隔着玻璃
看眼前一片耀眼的白
那么亲切。又遥远。
他孤单的样子让我羞愧。
他虔敬友好的样子让我满面泪痕。
经过这么多年，这么多年
我有太多黑色的畏缩和恐惧。和逃避。和无法推翻的恶习。
在令人心悸的白中我如此
一动不动。
我的孤独，望着他在雪中的孤独。

95. 你的样子

我没有看见你在雪中的样子
没有看见雪落在你身上
落进你眼里,心里的样子。
我没有看见你在雪落下之前,轻轻离开的样子。
好像你
成为了雪本身。像雪
持续的燃烧,留下了动人的伤口。

96. 母亲走在雪中

从来没有这样漫无尽头的雪
当她成为一个母亲
全世界的雪便赶来,装扮她的头顶
粉饰她的道路
使她在惶惶无知中,一厢情愿
倾尽她的力气和爱
我曾见过那雪中,开出过蓬勃的花朵
也曾目睹暴雪般疯狂碎散的梦境:
我的母亲,一生在大雪中
探寻儿子的道路
直到他无路可走。直到彻底背叛再没有自由
我的母亲对此毫无觉察
她依然走在雪中,走在自己的蒙昧中,就快要
变成一片雪了
一种悲哀,如此清白而无辜。

97. 突然降临的雪

突然降临的雪让我们感到寒冷。
我们从睡梦中醒来，听到雪花翻转，坠落
仿佛亲人的哭声。
仿佛一个人的骨头，在离乱中，正慢慢变轻。
我想起一生骄傲的父亲，为被风雪围困的他的
母亲
留在冰冷的乡村。一个老人
看着另一个更老的老人。
我想起在身边的母亲，不得不用电视，发呆
对抗越来越长又越来越短的时间。
我想起我，孤独，自闭，除了一个个
野草一样自顾飘摇的诗句，再不需要任何一个人
在身边。
我想起火车在远处轻喊，树木轻轻摇晃
代替了某种颤抖。
只有突然降临的雪看着这一切
并给出最后的善意的虚空。

98. 梦中

一条狗含着我的一只手
面向它赶来的主人
用眼神和时间,与它的主人谈判
它受了主人的委屈
又不想,不忠于主人
它需要旁人受难
它需要主人许可它让旁人受难
它将牙齿轻咬在我的手心,然后盯着它的主人
它的主人终于发话,说结束后
带她去看医生
于是狗将牙齿用力咬下去,用力。这时我的手心
渗出血来
先是殷红。后来凝固,变成了蓝紫。

99.天镜湖

后来当我回忆,火车怎样把我
带到江苏,苏州,太仓
带到沙溪,南园,带到郑和起锚之地
我知道一种唯一有别于此的熟悉
一种亲切的蓝,和安宁的水
将我召唤,聚集
那些看不见的我乘着微澜在起伏
在碎裂,在梳理和重组
一个人从一个地方到另一个地方
一个时间,到另一个时间
我听见灰尘行走的声音。在寂静中
找到了自己的流向
阳光抚慰着远处的高楼
和它的阴影
蓝色少女从湖中起身,走向她的脸庞。
走向我。

100. 在沙溪街头

从车上下来,走进古镇上的人群
青石板路面妥帖又清凉

我走在敬丹樱的后面,敬丹樱走在
贾浅浅的后面

阳光从飞檐上滑下来
一种明亮,将我们联结
宛若另一条七浦河

我们站在义兴桥上
各自望向眼前的河水
缓慢,耐心,充满弥合的幸福和勇气

101. 做她

去站到她的窗前

独自

望向外面

去像她的脸

无悲无喜

纸片一样飘

去看她眼里的天空

安然的灰

一些树撑在那里

光线与鸟鸣

不断地生发和消逝

去看她眼底的人

一个,两个

三个

走过湖边和广场

去吹她颈间的风

去回忆她清晨的心跳

去像她一样
在窗前站久了
就下一场雪
然后悄悄化掉,然后
在被发现之前站进
她的身体
离开她的窗前

102. 雪人

为了看到更多的雪我走进旁边
无人的小树林
雪果然更厚,更软
白的还像刚刚落下来的样子
我小心地踩上去
像踩着一个人的内心
像进入,又像离开
这个时候我看到了他
在一棵树干漆黑的水杉后面
一个小人儿,定定地立在那儿
两片树叶似的眼睛像马上
就要枯萎
我想象一个人满怀孤独与喜悦
走进这儿
一点点,亲手制造了他。然后
离开他
我想象一个人给他以生命

当我来到这里,看见他
又一次抛弃了他。

103. 距离

每一次当我穿过人群
一些风在耳边响起
我的左边是树,右边是湖
中间是迎面的人群

有些月光铺在我们的头顶
我们看不见我们头顶的月光
有些往事在树枝间摇荡
我们任凭往事在树枝间摇荡

每一刻。每一刻我们相互走近
只有阴影顺从了它的起伏
这长长的道路,长长的寂静
谁都不会去伸出手啊
谁都没有
手伸出

104. 她不知道

母亲留下一桌子菜,然后回了乡下
她不知道第二天是母亲节
她不知道母亲节是什么
她不知道的,还有很多
像她年轻时独自熬过的岁月
她使过多少不为人知的力
她就有多愚蠢多无知
我不知道一个人何以永远保持天真
当她习惯以稻子般的沉默
和垂首
来回应这个世界
她并不知道那是一种纯净而安全的孤独
她不知道
她不知道我,在她的沉默和垂首中独自
航行了多久
才又慢慢,走向她
我不打算开口我知道我们

不需要开口
当稻子站在田野,她们只需要一点点
风
从她吹向她。从她吹向她。

105.参加一位老人的葬礼

大雨从空中倒灌下来

让人发抖

现在,最从容最无需躲避的

就是她了

生前我没有见过她

我能感觉到自己

对死亡的冷漠

我不怀疑我是个冷漠的人

这个世界上,只有少数的人

见过我流淌的泪水

更多的是

像现在这样

我走在他们中间

走在运送死亡的路上

像一片移动的空白

而她,填补着这空白

雨水继续冲洗,仿佛带着天空

所有的重量

没有一个人停下脚步

没有一个人,为她哭泣

我想起夜里的歌声

反反复复唱着

天上好多星啊地上好多人

而我总听成

天上好多人啊地上好多星

突然感到一种,奇异的,蓬勃的情感

正流向她夜空似的脸庞

最终,不是死亡让我们相聚

而是意外的,必然的,遗憾与怜悯,将我们连接。

106. 仪式

我喜欢一出门就看见落日
我喜欢落日照耀整齐的芦苇
我喜欢芦苇递出热情的手
我喜欢手抓着微冷的秋风

这一场告别。

107. 秋日

那地上只有草
那空中只有云
一棵树不自觉地往下落叶
一个人因为爱,止不住哭泣

108. 春日想到母亲

村里有人死了
大家一起去看
五十岁的母亲
远远见到头上，点灯之人
便，两眼泛红
不住用手背揩拭
法事喧嚣
众人叽喳
唯她立在那儿
不言语
满是泪迹的脸上
闪烁着认真
和空茫
我想起来那是一种天真
一种原始
我的母亲，一个人立在遥远的
被死亡点燃的

村庄
那种天真和原始
火光一样映现
在我的脸庞

109. 我需要这样爱着一个人

他也许很老,但足够温柔
也许长居远方,但说见
就能见。

多数时候,我们只在文字里
爱得
死去活来。

我们偶尔写诗。偶尔
爱上多才多情的诗人。也偶尔
被别人爱。

我们对每一个被对方赞美过的异性
心存敌意与醋味。而后分别被时间
和自己说服。

我们偶尔也烦厌,生闷气

在对方面前和别人调笑
为写诗发愁。

当他再写不出好诗的时候
我跟他说,去吧
去和别人相爱

狠狠地爱。

我需要这样爱着一个人
不断地,反复地悲痛,幸福
热泪和欢笑。

以此安抚,和延续我
短且执拗的一生

110. 一条水草的人生哲学

她一生的梦想是做条水草

长在最深的河里

从不为旁人所见

眷恋她的那条鱼儿

一生在她身边忙碌

每隔三秒

就爱她一次

而每一次都是崭新的

111. 我们都是曾经爱过的人

那时候天蓝,云白。河流弯弯。三千里路遥
横冲直撞闯入东荆河,仍是清冽冽好身子

那时候树木高大,野草萋萋。凤眼莲离开水面
金色夕光袅袅婷婷。亦步亦趋

有懂事的秋风适时吹过。白云不讲理由,呼啦啦
抛下凡心。棉花有了恰到好处的包裹,与渗透

我们谈起我们的身后。抽丝剥绒
没有一个国家可以安置

没有一块土地可供来年发芽。棉花与白云
地面和空中,无法忍受的诗句彼此逃窜

无法更改的温柔,在动荡中注入更大的空虚
他们说白白白。他们说逝者如斯。夫复何求

我没有什么话说。如果我有什么话

白云飘飘。棉花白白。我们都是曾经爱过的人

112. 走出非洲

一大片湖横亘眼前。我们不得不抛下车子
走向水。

湖面轻飘。小船摇晃
白日在梦幻般的闪光中重现。

儿时的房屋。伙伴。儿时的道路。路两旁低低开
放的豌豆花。不知疲倦。

我们穿行。不知疲倦。我们渐渐知道我们想要的
一切
时间。爱情。露珠下的屋檐。晨曦。白色百合花
下的坟墓。

像雨滴落入深潭。

而现在。"你只要让你温柔的身体

爱它所爱的"*

是的。我要描述的仅仅是这样一场梦境：
庞杂的田间小路
四围湖水空荡
平静。

仿佛摇篮托举着从未曾被形容的婴儿。

---

* 玛丽·奥利弗诗句。

113. 礼物

是雪。在下。

火在泥炉里安静地燃着,
酒在酒杯。

你端坐。或打盹。
白色的寂静暗中清洗你的来程。
白色的寂静使你闭上眼睛。

你白色的女孩。来了。你白色的女孩。坐下了。
你白色的女孩。消失了。

白在白中轻轻摇晃。

酒在酒杯。
火在泥炉里安静地燃着。

雪在下。

114. 禾一

你要到那儿去,我的姑娘
那么多的蓝
那么多的
寂静
现在正是午后
风走过屋顶。风来到树叶上。风停在空中
他会抚摸你的脸庞,亲吻你的眼睛
为你写诗我的姑娘
你要到那儿去
那么多的蓝。那么多的
寂静
蓝色的寂静里什么也没有就像你也没有

115. 白发

睡前她又想了一遍,
完整的一遍。
她愿意亲吻那些白发。
为了获得安宁,先啜饮血泪。
像一种光环,又像一种孤苦。
她用恒久的忍耐和想象,长久地抚摸它,
接受它,作为一个人必不可少的存在。
一种精神的遗迹。
鸥鸟每天从黄昏轻轻飞临,
醒着的人醒在深夜。
她像个老人一样,在感伤中
露出了天使般的微笑。那些白发
像流水,飞过她的头顶。
不久,它们会来到她头上,
使一个女人真正完成。

116. 创世纪

那时我跑着,在冬天
清晨的混沌里
我分开的空气变成了风,又转头
吹着我。
我由此感觉到一种流亡的分量
一种交错而无用的深情
它来自每一根忠实的骨头
每一寸善意的肌肤,每一滴
涌动的血。
多么惊讶——它们在遇见
这个世界的时候
制造了冷。

117. 随处春山是故人

当我走在小树林,把脚下的落叶
踩得嘎吱嘎吱
我以为,我踩在旧年的积雪上。

那些白,还是干净的白
柔软还能被置于手心。

那些被白雪簇拥着的
杨树,以及杨树梢上的天空
像无数好孩子
在光阴中站立

我以为我走在时间的
深谷
而周围都是故人。

118. 默

禾一在白天是个会听话的老少女。晚上
是一辆突突突直冒浓烟的绿皮火车。

禾一是老少女的时候不会说话她只
在晚上重复着"突突突",一刻不停。

她经过鲜花,墓地,墓地上旋飞的鸟群
她经过黄昏,黄昏下的小站,小站拥挤的人群

人群散落的脸。她经过
脸遍布的河流。大雪遍布的河流。

她闭上眼。蓝色星空近在咫尺
又高高在上。

禾一怀疑自己的声音。自己的奔跑
她怀揣的那些村庄。麦子。月光。以及月光下的

爱人

通通不见了。

现在。她带着自己的盒子专心等候,一个和她一样
声嘶力竭奔跑的哑巴。

119. 悲伤像我的脸

早上跑步时,看到路边小小的
怯怯的,水洼。
不忍盼望太阳。

中午出门,看到栅栏内
欢欢喜喜
把自己越开,越轻的,月季
不敢带去一阵风。

晚上我回家,道路像一个人
黑暗中伸出的手臂。

我忍不住爱啊我愉快很久了。
我忍不住流泪啊当月亮
照见一切的流逝。

我看见我的脸
明亮。悲伤。像一场正在下着的雪。

120. 活着或爱情

他没有儿女

没有家

也不记得自己是谁

每个清晨,他穿戴整齐

面带笑容

认真地穿过福利院所有的人

来到角落里

对一棵光秃的桃树说:

我去挣粮食了

还差一担

我就能赎回我媳妇冬梅了。

—第 4 辑—

路在走

121. 时刻

白天阳光照进来的地方

现在是月亮照着

如果我拉上窗帘

黑暗将代替所有

照耀之物

所以我一直

在一个地方

我从没有离去

没有回来

我过着自己的生活

也可能

过着别人的生活

我是我在这里

也可能是

别人在这里

光线

改变了我们

而时间将我们

一一送回

122. 如果你也曾有这样的夜晚

你的房子建在空中

你睡到半夜突然醒来

闪电

像往事把日子劈开

暴雨如注

在头顶殷切敲打

风把你的房子和你

紧紧围裹

轻微的

摇晃中你感到一种

无边无际的

喜悦

和恐惧

那无边无际，哭泣的自由

123. 秋日

不管风是否吹着头发都
微微扬起
不管流水如何抚摸始终比
石头更加坚硬

好时光不容易靠近
美总带着折磨的本质

一个人坐在下午的湖边
披着半身金黄

九月的秋风吹过来
只有落叶和灰尘看见了他

只有落叶和灰尘看见他
一个坐在湖边
用口琴说话的人

我看见他的老年

在秋风中作漫长的告别

124.红月亮

何以要相逢,何以
要重叠。你这不由自主的转动,
追随。

没有一种美像你这样孤独。
没有一种孤独像你这样久远。

你清清冷冷的,多好
你高高在上的,多好
你按时起落规律盈亏从不受往事所累
多好。
你自顾自慢吞吞
走在永远往西的路上
多好。

现在,你用别人一霎,完成了整个一生。

125. 我的死

路过一片草地

野花

在夕阳下开得正好

我看见我

躺在一个小山坡旁

与常人无异

甚至那趴着的姿势

生动

像活着的人

我想起我

曾经长久地躺在

一朵云上面

慢慢变轻

我挪动脚步

让风更好地吹我

像吹所有的记忆

像那趴着的脸

鼻尖上
正往下滴落的水珠

126. 释义

黍：一年生草本，
种植于 4000 年前；亚洲
或非洲；
子实淡黄，禾属而黏者为黍；
适干旱，惧硕鼠；
西周亡而黍离生；
后麦行千里，无见故人；
今称小杂粮；
愈贫瘠愈生长，是
不被广泛种植的一种。

127. 一次拍摄

"我想和妈妈一起生活
一起吃饭"
说这话的时候
十二岁的杨六斤
与草们一起
坐在阳光下的山坡上
因害羞而
微低着头
作为最亲密的伙伴
六斤的手
已呈现出草的
灰绿色

"你用这树枝当筷子,不会觉得不干净,不卫生吗"
"不会。"
说这两字的时候

他突然扬起头来,笑
仍是羞涩
也是这个时候我才看清
落在他笑脸上的
阴影
不是来自眼前的画面

128. 一次醒来

像阳光下的黑屋子

突然被打开了屋顶

此前楼下的,说话声

遥远的广播声,读书声,叫卖声

横过楼宇和水面的

风声

甚至一个人幽微的

呼吸声

被我轻轻地,拢在怀里

轻轻地,持续地

抚摸

我是这样,在醒着时

醒来

这样怀着

一小片河水的,温柔

与绝望

129. 你在说什么

我脑袋里长着两朵花
红色的,重瓣的,峭立的
一朵高一些,一朵
在旁边矮一些
我指给你看
她们
在阳光下被微风
轻轻翻动的样子
你正穿过一场风雪
将自己停在她们面前

微笑。如佛祖。

130. 祈祷

请你在夜里醒来，毫无征兆
星辰
像落在怀里的冰
请你轻抚一个人的呼吸
像安慰一段举步
维艰的路途
请你回忆
请你懊悔
请你四顾无人茫然又希望
请你痛哭流涕，深深不安
也深深平静
请你捂着海水也藏着露水
请你紧握婴儿的手，说
我还在这里。还在这里。还爱着。还醒着。

131. 意外

现在我要告诉你的,一次意外之旅
在黄昏,火车把平原一分为二
我看见了那朵云
停在右窗的左上方
被电线杆不断地迅速穿割,又迅速还原
始终停在,窗子的上方
我终于受不住,这样执着的缥缈之美。呆望着
就这样呆望着
错过了故乡,和时间
当我在异地的夜色下,重新开始一段
多出来的旅途
一段完全相反的旅途
那朵不知去向的云,竟让我有隐秘的担忧
与欢喜
我几乎就要怀疑这意外
我几乎就要爱上他

132. 不能

怎么办呢？
我不能一直对某件事，
保持热情。
那些晨露一样新鲜，
而娇羞的话语，
有人嘴一合，一张，
就在空气中找不到了。
我无数次梦中，到过的雪原，
雪一场一场，白白地在下。
我执念的故乡，亲人，
别人替我站在她们身旁。
甚至我爱的人，也有
别人替我在爱。
我不能说出所有。就像我不能，
吞下所有的黑暗。
一旦有人认真起来，
我便开始逃逸，

像个刺猬，缩进最深的洞里。
这么多年我已，
习惯这样。
我深知那些阳光般的美好，
是怎样以水流的形式，
从我身体逃离。
我不能一直对某件事，
保持热情。
对一个人也不能。

133. 麦子歌

雪已行在途中
落叶
在越来越厚的暮色里
深陷
我心事重重
在拐角前止住了脚步
一年有多长？三年有多长？
走向一场浩荡清白的雪
又有多长？
我将带着吗？
我的尘土满面。我的欲辩忘言
我的满。我的空。我的世俗。我的清亮
我该记着吗？
此前我如漠风鼓荡
此前我似云朵飞扬
此前我像高高昂首的麦子
只等那一生一次的

引颈一快

而我也确信在那个瞬间我一定会

看见镰刀

像一个人的脸

鲜血滚落像

一个人在晨雾中热烈

哭泣

而那双手,那双紧握镰刀的手

在接下来所有的日子

因麦芒满胀的幸福而

从此,痛不欲生

134. 冬日

冬天把雪丢在很远的北方
又在沿途撒满觅食的麻雀
像一个人的内心,那么多爱——

踽踽独行
满怀隐秘的悲伤。而源头
阳光像老朋友,踩着小城起起落落

风偶尔送来草原羊群的气息
都归为空寂

我们和人群不断擦肩。握手致意。转身决裂
却为沉默流下眼泪

许多年过去。你看见的仍是
身披月光的人。一遍遍投身湖水

一遍遍又试着抚平波浪

135. 重逢
——给李晖

扮成绿枝等鸟儿歇落的,那个丑女人,
那么像我。
把今天像以往一样一分一秒熬过的,那个呆女人,
那么像我。
照相时故意抬起下巴,故意夹支烟,故意藏起丹凤眼杨柳腰的,那个蠢女人,
那么像我。

那么像我。这个两腿瘦高裤管空荡仿佛随时能抖落一地风沙的女人。
她念叨梅像念叨已经失去的黑发的母亲,
她的祖母绿的草原,她的苏州,她在桂花香里漂浮的窗子。

那么像我。哦。我的朋友。

我的朋友。不要再带着羞怯歌唱。不要,
长时间地伫立窗前。不要试图,两次去拜访同一
条河流。

不要爱上一个诗人。也不要,把所有的夜晚用来
写诗。

"让冰山守住冰山,石头守住石头。
让脚步轻捷,声音明朗。
让笑容贞洁,河水清澈。"

让上帝说,"给你爱!"

136. 现状

我在等一只手。等一只手伸过来。一只手向我伸过来。

不知道过了多久。

我眼看着自己无限下陷。不是劳累,不是悲伤,不是嫉妒,不是愤懑。一种满当的空。
比死亡在体内抽走的东西更多。比水流更让人无力。

我连续地做梦。有些梦境比生活真实。有些梦境第二天我还能清晰地复述它:
我把围巾取下打开重新披在肩上时发现它压得我摇摇欲坠,迈不动步。

我常犯糊涂。一天两次从大街上返回查看家里门是否锁上。

我尝不出菜的咸淡。走路总是撞到树。
我在椅子里发呆。在莲蓬头下用手拢水。时间越来越长。

我扔下了仅有的几个朋友。对他们的问题和关心不予理会。

我不再有往日用文字抒情的热情和欲望。

我看着嘴唇越来越僵化固定。看着我越来越无法开口。

不知道过了多久。

千里之外。灵隐寺的某座佛像。
灰尘即将埋葬他的手臂。

"而我。我仍想再次爱上你。再。"

我等一只手伸过来。一只手向我伸过来。所以我等一只手。

然而永远晚了。

137. 证据

说她不曾梦见你,
不曾因山顶那一把雪,
起了飞翔的心思。

说她这一生相夫教子,循规蹈矩,
守着孤独而稳定的生活像守着阿里
巴巴的钥匙。

说她爱着人流滚滚的街头,
广告牌。行道树。报纸。菜市场。垃圾场。
以及这个平原广袤的若无其事的天空。

说她接受了一切。爱也即将停止。

你相信吗?
这首诗就是呈堂证供。

138. 她说吃掉雪就像吃掉爱

她像个孩子

兀自

吃雪

阳光从很远的地方

赶来

已经没有

多少

温度

她有时靠着

那些白色的影子

觉得

就要

飞

起来

139. 我有时厌倦诗就像厌倦爱

你对我有耐心吗？你
你。你。还有你。
你们闻讯而来，
有意无意，谈起海滩，荒石
岛屿。以及被夜风一片片
刮下的月光。
你们真诚地说着欣赏，喜欢
和爱，
我愿意相信你们。
是的。我愿意。
就像起初我相信诗。
你们教我喝酒，朗诵
教我离开自己到人群中去
寻找同类。
向一次次以诗之名寻求温暖。
你们教我复活一颗
爱与自由之心。

然而我的诗！然而
我的诗！
它如此顽劣。
不肯轻易完成，轻易
脱离我渐冷的小腹。
只有在那里，它才感到完整
心安。
你们教我写诗
也顺带，教会了我厌倦。
我对你们有耐心吗
我对生活有耐心吗
有一天，当我突然
爱上自己。他说：
时光漫长。生如流水。
我们要耐心
何用。

140. 幸福

大概就是这样

黄昏将尽

夜色未倾

大概就是这样

孩子疯跑着

永不觉累

大人追赶着

气喘吁吁

星子们一颗接一颗

迸出来

滑过他们的风

几经波折

来到她身边

她把自己平放

在草地上的时候觉得再不

会需要一首诗了

141. 雨，或水

雨来得急切
我还没有想好
如何描述
它早已鸣锣收兵
想起它因积淀
和倾泄
开出的水花
我对路边的
积水有了好感

然而，当它映照出我沉默
浑浊，摇晃的脸
它已经没有了
雨的样子

142. 外星人

一群人在一片

树林子里

一群人在一大片

树林子里

有时候我也

忍不住

笑起来

有时候我也

忍不住

弯一下腰

我美丽的牙齿始终

未给他们瞧见

143. 患者

她像个神情

木然的疯子

等着下一个

迎面而来的同类

突然

惊天动地的

解救她

144. 一片月光落下来

一片月光落下来。正好拂动
我微凉的裙角
蒲公英见风使力,抛弃所有负重
把四海为家的理想
到处传播。在自己之外

我对你一无所知,犹如此刻我对
诗歌的一无所知
你有多老有多年轻?你脚步匆匆还是
踟蹰不前?你爱着一个抑或爱着多个
你是否在那些字词里,把自己深深爱
又深深恨

这白茫茫的人世。一首诗
就是一片月光
一片月光就是一个情人
那些白天被隐藏的热情与歌喉

我们让它在夜晚生辉,徒步。生下并穿过
一条又一条幽森的小路

窄道相逢。月光就是我们的言语
我们的喜怒哀乐。爱恨情仇。我们的沙地
我们的绿荫。我们对一切粗糙白日的,隐忍和
欲罢不能

一片月光落下来
又一片月光落下来
满地是月光。满地是
不能清洗的寂静
与华年

145. 致友人

琼花荡漾。港口关不住少年的
迷迭。你随一脉春水逶迤
一路俏峰密林难避,琴声委婉难留
南来不北往。你在小渔村寻到
捕鱼的网,和设计师姑娘
你觉得有点累。不再抵抗每七年一次的
胞质代谢。你相信槐不是槐花的花
你只在喝水或打盹的时候,替母亲
看完电视剧。在诗行里爱过去的自己
或现在的别人。这时候你是武功高强的
独行客。有倔强的傲世和
温柔的坏脾气。你不叫楚楚是对的

你叫蓝,无论何时随时预备着
生死恋情的蓝。努力,与自己和平共处
把酒言欢。新飞来的蝴蝶,翅膀明净

为你带来湛蓝的，轻松的夏日早晨
你平静地坐在靠窗的椅子上，只是打量
片刻后，你开始拐弯抹角地找寻
你眼前出现的电影画面，开始由斑斓
转为黑白或灰。你疑心导演不怀好意
让善良的人充满误会和诡辩。你偶尔讨好
不再坚持，仍挡不住四野赶来的
澎湃风沙。这时候，你开始唱

你开始唱：我们的乡有江，我们的
身上有香，我们看过红粉白色的梅花
开在我们家乡的后窗。咸湿的歌声
从喉咙，慢慢流向天边。你仰头
发现很多时候看不到自己的影子
某个瞬间你感到了一丝儿的慌张，与绝望
一声闷响突然结束了你，把你推向新生
你没想到为别人深藏的枪最终开向了自己
这是意外也是预谋：有时候你分辨不清
是梦里还是醒着。是满着，还是空着
你大声地唱，嘤嘤地唱。你唱啊唱

直至薄暮时分,秋草与山色不可避免
又深一寸。云朵从天边缓缓归来
你看到天空像一个敞开的巨大滚筒
一截一截的白,连绵不断地吐出
"季节更替无法阻止"你开始像个哲学家
思想家,或者小说家。在一张薄纸上
安排种种可能的遭逢。这时候天空蓝白相间
星子们隔着看不见的流水相濡以沫。不见底的
忧伤仿若出世密语,为你送来风样赞美
月亮款款移步出来,你微笑,不语
长发清冷撩人,慢慢长至空中晕黄模样

146. 八月十五,晴

你在时
我总想着为你抒情
你突然隐匿时
我就想,要如何忘记你
这一生,你知道我
都在为无用的事情消耗自己
白茫茫大地,河水哗哗流啊
有时候,是我在梦里沉睡
有时候是你
在树影间徘徊
风吹过来,又吹过去
像我们爱过爱,又远离爱
如今我们互为倒影
云水宽阔
月亮圆了又圆,不过是
把自己缺了又缺

147.鸡蛋花
——给辚啸

更喜欢缅桅花,印度素馨,大季花
这些名字
有更轻易的美,和迷惑
鸡蛋花有美味。素颜
女子怀着一副好心肠
踩山踩水豁出自己
果实吃进去,吐出来
不洒脱的诗句反复涂改。我的好妹妹
骑着自行车上深圳
杨梅染红的衣服
不能当作嫁衣。我的好妹妹
深圳是否有棉花地?有柔软的
白云的秋天
他说人世繁忙不可辜负
我们要胸怀大爱
要保持平行

不在危险的地方走散。也不在

明亮的地方透明

而真相不必说出。尚怀爱恨之人

理当承受痛苦

小宝贝就是名字。蛙鸣

就是安慰

我的好妹妹。故乡的

棉籽已经深入泥土

堂前燕

已衔来树枝。白云悠悠

你要回来

148. 走神

雨说来就来了。在暗夜里不知疲倦地
敲打门窗。好像归心似箭的游子
不得已,在家门前止步,试探

我读书,发呆,踱步。一声一声
与它唱和,天衣无缝

这个冬天有难得的
连续的好天气
野菊花,腊梅花,太阳花。甚至墙角盛开的
水仙花

我却羞于正视和赞美,羞于承认
我总是对一切美好的事物
怀抱疑问和忧虑

我对面前的你,怀抱疑问和忧虑

149. 你

还没有写下一句诗,给父母
没有写下一句给小儿
没有给爱人
这么长时间以来,我只写
你。像孤独藏身于口袋
与阳光和道路
一布之隔。与信仰,和爱
一肤之隔。你交给我所有的疤痕
与拔节。交给我面具
遮盖一些不为人道的
羞耻和狂欢
你爱着我,也深深
恨着我。这享尽繁华
与颓败的肉体
在日子的缝隙,与你
藕断丝连。与你
忽左忽右,暧昧不清

你知道我一直在忽略你
我只在望天的时候,和
低头的时候,想起你
当我平视,空气中的力量
他不需要你

当我死去。我爱
你去新生

150. 致——

给我秋风，红蓼，给我饱满的香气
给我夜梦，啾鸣，给我行将枯萎的玫瑰

给我月色和目光下
衣饰凌乱的诗句

统统都给我。给我

宋朝尾随而来的辉煌和落魄
铁翼下的风流。血液里的动荡。江山。酒杯。笔墨。和鱼尾纹

给我。都给我。统统给我
带上你，十八岁被桃花濯洗的春阳

151. 春天的路在走

白天我到过一些街上
走过一些梧桐树，广场，和车站
我带着我在走
像一只饱胀的气球，走在它的空中
我知道这是春天
我应该欣欣向荣，饱含透明的绿色
我在这绿色中走了很久
直到天空降下黑暗。我知道黑暗
正是我自己
一点点离开
正如痛苦不是人死去
而是人离开
我离开我的路
秋天开过的重瓣棣棠，我把它带回家
春天，又换上春天的
我知道这是春天
我在春天的路上走
后来，是春天的路在走。

152. 美丽之物

她有一张美丽的脸。更难得的是,
这张脸上,还充满着
动人的宁静。
她腰肢纤细,在房间走动时,像柳条
摇摆在春天的风中。
我们随意说了点什么,
礼貌而庄重。
我们从不同的地方赶来,
临时搭伴。这种恰到好处的距离
让我们都显得,有些美丽。

我为这平静的,舒服的,美丽
而感动。

而当她在我面前,毫无顾忌地,若无其事地
脱去上衣,裙子。接着是胸罩,内裤,
然后依次换上新的。

整个过程平静，安宁。
仿佛我，我的眼睛，并不存在。
我和我的眼睛毫无准备地，犯下了存在性错误。
那一刻我听见有什么东西
无可挽回地，破碎了。
那美的陌生，友好，羞涩，神秘。
那美的胴体——
除了她，和她爱的人，
不应该再被任何一双眼睛
看见，
任何一颗心，形容。
那美，世上所有的美，
都应该有完整而动人的秘密。

153. 闯入记

那小屋独自呆在荒野里
她独自坐在小屋里
——像一个永在飘荡的传说

我离开众人,穿过一条满是砂砾的小径
挨着她,在风中坐下来

她并不看我
只朝向面前,被我推开的门
——那一片方形阳光,在小屋暗影前
像炫耀,像侵略
——又像谋杀

——她用几乎快要消失的身体
紧靠着身后的阴影
那最后的高贵。尊严。自足与骄傲

——也是这时我才知道
人有时是凭借,足够的黑暗与孤寂
而活。

154. 雪

我和一个人在雪地上走着,
没有说话。
茫茫的雪覆盖我们的头,我们的肩,
随后覆盖我们身后的脚印。
我们一直走。
一直走。
因为雪下着雪一直下着雪地上空空如也。
这样的情形仿佛是,
多年以前。又仿佛是,
很久以后。

155. 雪

雪下在城市,下在山谷。
下在乡村,下在河流。
雪下在黄昏,下在清晨。
下在屋檐,下在马背。
雪下在莫斯科,下在伊豆。
下在沈园,下在拉萨。
雪下在没有雪的任何地方。

雪没有下在现在。下在某个平原。

156. 现在我静下来了,妈妈

去年的这个时候你打来电话
为你女儿的生日。你略带歉疚
说差点忘了
我说没什么,我也刚刚忙完
之后是
短暂的沉默
——这一点我们
如此相像。妈妈
你从来不说想念,爱
不说委屈和磨难
你根本不认识这些字
你不认识这些字所以他们
折磨你。羞辱你。他们扔掉粮票上
多余的馒头也不肯给你
你辛苦生下的孩子他们也
视而不见
你不得不求助于自己贫穷的母亲

和单薄的弟妹。妈妈

妈妈。你求助于最最沉默的土地

自己的肩膀。双手。求助于

大木盆里哭泣的儿子和

田畦边抓吃野草的女儿

你求助于

时间的手。妈妈

这一辈子,你只讲过一个故事:

一个女人抱着重症麻疹的小女儿

在漆黑的夜里拼命狂奔

你要跑过黑暗。跑过时间

跑过自己跑过死神的命运的手

后来你瘫软在医院,怀里的

小女儿在最后一刻

升起月亮一样好看的银辉

然而这些还远远不够。那么长

的时间里

你还得承受父亲的病痛

儿子的偏执与冷漠

女儿的远行,和来自

身体的报复

……哦！妈妈，我们不说那些了
我知道你现在的安慰仅仅只需要
一个电话或者，一顿饭
你像村子里所有的老人一样
简单，无知，守命
妈妈。我今天说起这些是因为我还有
抱怨，愤懑，和不彻底的欲望
我对自己的困境束手无策。所以你看
妈妈。我仍是那个
在你面前哭泣的孩子
我仍是你哭泣的孩子。所以妈妈
你快点老。快点老
等你足够老了！母亲，你做我的孩子
做我的孩子
我们把这样的生活轮回下去
重复下去。妈妈
现在夜已深，月亮好看的银辉
又升起来了
你睡吧。妈妈

157. 爹爹*

爹爹不是我的亲爹爹
父亲三岁的时候,他来到我们家
顶替我死去的亲爹爹,给父亲当爸爸。

爹爹是信用社的好会计
算盘珠子拨得,比他的嘴灵巧得多
就因为此,他被贬到村里
挑箩筐,收鸡蛋。

也因为此,常被奶奶骂
骂得狗血淋头
爹爹也总是笑
从不还口。

---

* 爹爹是江汉平原的土话。我曾经试着用爷爷来代替。但是不行。我不喜欢这样一个给我陌生感的称呼。我还是这样叫。只有这样叫,爹爹,才是我的爹爹。

大家都说他憨，胆小，老实，怕死。

爹爹的亲生儿子总是埋怨他
在困难的时候把父亲送出去读书
而自己的儿子在地里泥巴裹裤。

父亲偶尔也跟我们说
爹爹和我们，毕竟是隔了的
不要争持太多。

爹爹八十岁的时候仍然每天骑着他的飞鸽
上街上遛一圈
回来时总带有奶奶爱吃的豆腐。

有一天他为避开疾驰而来的摩托
摔倒在地上。

又有一天，他为避开自己身体的疼痛
喝下了他一辈子从未摸过的农药。

他那个记了一辈子账的小本子被找出来，有一页写着：
我的孩子：成军（父亲的老大），梅梅（我，父亲的老二）
玲玲，帅军（爹爹的儿子的孩子，老三，老四）
衔衔（爹爹的女儿的孩子，老五）

另一页写着：
存折里有六万块钱，**，**，**（父亲，爹爹的儿子，爹爹的女儿），
你们三兄妹平分。谁都不要私吞或多吞。
我的安葬费用信用社会全部负责。
我走后，
你们的母亲每月有遗孀生活补助。她吃喝应该没问题。
你们的母亲百年后，箱子底下有两万五千元现金，
（我的奶奶不喜欢也不会存钱取钱。她是要看着那些白花花的钞票才觉得心安的老太太）
安葬她应该没问题。

……

忽然想起十一岁时候的春节
我拿着爹爹给的十元压岁钱的时候，曾经暗暗怀疑
他给玲玲和帅军的，会不会是二十元。

158. 美好的事

动植物们在雪地制造
花哨的印迹

放翁在粉墙抛下
杀人秘笈

一个女人老了没办法死去就
独自走向旷野

风和云朵在身边滚来滚去

159. 我始终是那个中途离开的人

如你所见,我胆小,懦弱
不善言辞
不擅喝酒,写诗
吃虾,和朗诵
我甚至不会表达
友爱,与欢喜

更多时候
我只是遇见你
遇见你
然后分别
并不怀有更多的热情
——我知道:
你也一样。

160. 孤城

最后一个秋日
老去也是短暂的
只有树,一棵棵经过
你走在其中,加深
它们的冷

而你胸口紧捂的
最后一首诗
"我等你来剖开,取出"

图书在版编目（CIP）数据

少年游 / 黍不语著. -- 上海：上海文艺出版社, 2019.5
ISBN 978-7-5321-7053-1
Ⅰ.①少… Ⅱ.①黍… Ⅲ.①诗集－中国－当代
Ⅳ.①I227
中国版本图书馆CIP数据核字(2019)第082949号

发 行 人：陈　徵
责任编辑：谢　锦
装帧设计：compus·汐和

书　　　名：少年游
作　　　者：黍不语
出　　　版：上海世纪出版集团　上海文艺出版社
地　　　址：上海绍兴路7号　200020
发　　　行：上海文艺出版社发行中心发行
　　　　　　上海市绍兴路50号　200020　www.ewen.co
印　　　刷：苏州市越洋印刷有限公司印刷
开　　　本：850×1168　1/32
印　　　张：7.875
插　　　页：5
字　　　数：111,000
印　　　次：2019年5月第1版　2019年5月第1次印刷
Ｉ Ｓ Ｂ Ｎ：978-7-5321-7053-1/I·5640
定　　　价：49.00元
告　读　者：如发现本书有质量问题请与印刷厂质量科联系　T：0512-68180628